a menina do Vale 2

Este livro foi revisado segundo o Novo Acordo Ortográfico da Língua Portuguesa.

Revisão: Denise de Almeida
Ilustração: Fátima Ventapane
Design de capa: Marcelo Martinez | Laboratório Secreto
Projeto gráfico: Ideias com Peso

Dados Internacionais de Catalogação na Publicação (CIP)
Angélica Ilacqua CRB-8/7057

Pesce, Bel
A menina do vale 2 / Bel Pesce. – Rio de Janeiro : LeYa, 2014.
126 p.

ISBN 978-85-441-0069-1

1. Empreendedorismo 2. Administração de Empresas 3. Sucesso nos negócios I. Título

14-0552 CDD 658.421

Índices para catálogo sistemático:
1. Empreendedorismo

LEYA EDITORA LTDA.
Av. Angélica, 2318 – 13º andar
01228-200 – Consolação – São Paulo–SP
www.leya.com.br

Bel
Pesce

a menina do Vale 2

seja um empreendedor responsável e saia na frente

Agradecimentos

Esse livro fala muito sobre a responsabilidade que vem com o empreender. Há também uma grande responsabilidade que vem com o ter conhecimento e poder ajudar. Durante a minha vida, tive a grande sorte de encontrar pessoas cuja ajuda foi essencial para que eu tirasse alguns projetos do papel. Com este livro não foi diferente.

Mas, antes de qualquer coisa, não dá para falar da *A menina do Vale 2* sem primeiro falar de como tudo começou. Lembro-me com muito carinho de cada dia que passei durante a jornada de criação do primeiro livro da minha vida, *A menina do Vale*. Lembro-me de escrever cada palavra, me deliciando ao relembrar das experiências que vivi, sempre repletas de aprendizados. Agradeço a todas as pessoas que participam da minha vida e me mostram o que realmente quero para mim.

Quando terminei de escrever o livro *A menina do Vale*, ainda era só o começo. Quantas saudades sinto das semanas nas quais trabalhei com a Agência Yeah! para criar capa, ilustrações, diagramação e muito mais. O talento das pessoas envolvidas se tornou, para mim, referência do que é trabalho benfeito. Até hoje, sou muito grata a eles, especialmente ao Flávio Augusto da Silva, que foi quem fez a conexão com a Yeah! acontecer, e, consequentemente, todo o projeto virar realidade. Obrigada, Flávio, por acreditar no meu potencial e no meu primeiro livro.

Também sou muito grata a todos que me ajudaram tanto na produção do primeiro quanto do segundo livro, *Procuram-se Super-Heróis*. Neste terceiro livro, tenho a alegria de trabalhar mais uma vez com a equipe da editora LeYa, que aceita as minhas loucuras e me respeita como escritora e empreendedora, sempre mantendo vivo tudo aquilo que é importante para mim em um livro. Obrigada Pascoal, Thais, Raquel, Carol e Leila. E, claro, um agradecimento especial para ela, sempre ela, de quem eu tanto gosto: obrigada, Maria João, ou minha querida MJ, por ser a editora mais top que alguém possa esperar, e também uma baita amiga.

Queria deixar aqui também um agradecimento enorme a Fátima Ventapane, aluna querida do Curso de Habilidades da FazINOVA, que me surpreendeu com seu talento e me deu a enorme alegria de desenhar as ilustrações desse livro. Fátima, amei trabalhar contigo e tenho certeza que teremos muitos outros trabalhos pela frente.

Agradeço muito também a minha equipe da FazINOVA, que agarrou esse sonho de criar uma escola diferente de tudo que já se viu, focada em sonhos e conquistas. Vocês significam o mundo para mim. Não haveria livro sem que eu sentisse na pele o que é empreender, sem nosso trabalho, sem todas alegrias que vocês me trazem todos os dias.

Quero agradecer a todos os empreendedores que me ensinam tanto todo dia. Nesse último ano, tive a chance de sentar para conversar e aprender com algumas das pessoas consideradas primeira liga em qualquer lugar do mundo. Mas o mais legal de tudo foi constatar que eles são primeira liga também no quesito humano e têm valores que fortalecem minha grande crença de que crescimento acontece muito mais rapidamente para quem trabalha pesado e é do bem.

Por último, gostaria de agradecer alguém que tive a chance de conhecer pessoalmente em 2012 e que mudou minha vida para sempre, apenas sendo quem ele é. Jorge Paulo Lemann, eu te admiro de uma forma que é absolutamente impossível colocar em papel. Obrigada por me dar a felicidade imensurável de aceitar o convite para escrever o prefácio desse livro.

Sumário

Empreender = Responsabilidade 12
1. Deixe os outros descobrirem os seus triunfos 15
2. Tenha um diário 19
3. Metas Pessoais e Objetivos do Negócio 27
4. Desperte a curiosidade das pessoas 33
5. Como o empreendedorismo muda você 37
6. Tenha uma mente aberta 43
7. Encontre pessoas que querem ver o seu sucesso 47
8. Compartilhe o seu conhecimento 53
9. Trabalhe Muito 57
10. Pense a longo prazo 63
11. Pense grande, mas execute com os pés no chão 67
12. O valor do *feedback* 73
13. Seja faminto por aprender 77
14. Confie em si mesmo 81
15. Aprenda a dizer não 85
16. Expressões proibidas 89
17. Aprenda por meio de exemplos 93
18. Conheça o seu diferencial 99
19. Crie e cultive a cultura empresarial na qual você acredita 103
20. Conheça seus competidores 107
21. Foco na ação 111
22. Fuja das métricas de vaidade 115
23. Iterar, iterar, iterar 121
24. A responsabilidade é sua 125

Para Bruna Pesce,

O presente mais especial e amado
que a vida poderia ter me dado ♥

Prefácio

Ouvi falar da Bel quando saiu o livro a *A menina do Vale* em 2012. Fiquei animado em saber que uma brasileira tão jovem, recém-formada no MIT, já tivera a oportunidade de passar uma temporada no Vale do Silício. Também fiquei um pouco frustrado: "Puxa , ela sendo formada no MIT deve ser ótima em matemática e eu nunca aprendi matemática direito, e já teve tempo de realizar um dos meus sonhos de consumo que seria passar uma temporada no Vale".Na realidade, eu gostaria de ser um investidor na área de tecnologia e nada como passar um tempo nas proximidades de Palo Alto para aprender sobre esse assunto. Acredito que o mundo será cada vez mais digital e que as grandes oportunidades de investimentos estarão em áreas coligadas. Com uma idade mais avançada e com uma carteira de investimentos bem tradicional, não sei se terei tempo de fazer algo significativo na área de tecnologia, mas sonhar nunca faz mal. Não podendo me mudar para o Vale, tratei de conhecer a Bel e acompanhar a sua escalada... A primeira coisa que impressiona quando se conhece a Bel é o seu nível de energia. Ela é elétrica e parece irradiar faíscas para todos os lados. Após alguns minutos de conversa nota-se que ali tem muito bom senso também. Ela tem um plano de longo prazo, vontade de fazer e, sem dúvida, fará algo importante. A Bel representa várias coisas que o Brasil precisa muito: tem energia sobrando, capacidade de arrancar e de se virar, vontade de empreender, competência para formar um time e liderar, e foco no que está pretendendo realizar.

Seu grande sonho atual é o de ajudar milhares de pessoas no Brasil a se tornarem melhores empreendedores por meio de cursos e aprendizado digital. Os cursos que ela montou já atraem 2.000 alunos presenciais e 75.000 alunos virtuais. Sua missão é a de melhorar o país e nossos empreendedores.

Sempre digo que para o Brasil atingir seu potencial precisa melhorar a qualidade de sua educação para dar mais acesso a oportunidades para todos e precisa ter milhares de novos empreendedores por todos os cantos do país. Isso é o que nos fará prosperar e criará novos empregos. A Bel está na rota certa, para ela e para o país. Está preenchendo algo para o qual há uma demanda grande e, assim, também ajudando o Brasil. Este novo livro é uma tentativa de transmitir para todos os empreendedores o que ela já aprendeu e observou.

Espero que ajude você e outros leitores a fazerem mais.

Parabéns Bel. E continue educando e inspirando milhares de brasileiros a montarem seu próprio negócio.

Jorge Paulo Lemann

Empreender =

Em 2012, escrevi meu primeiro livro – *A menina do Vale*. Um livro sobre empreendedorismo requer uma história empreendedora. Meu grande sonho era compartilhar com o mundo o que eu havia aprendido nos anos anteriores: que se você tiver uma atitude empreendedora perante a vida, você crescerá muito, tanto no nível profissional quanto no nível pessoal.

E foi dessa atitude que me vesti da cabeça aos pés para fazer meu primeiro livro. Com a cara e a coragem, coloquei no papel alguns dos pensamentos e ações que mais mudaram a minha vida, da forma mais simples e acessível possível.

Com a ajuda de pessoas muito queridas, o que era antes um sonho se tornou uma realidade. Uma realidade inacreditável. Mais de 2 milhões de downloads e 63.000 cópias vendidas. Meses na lista dos mais vendidos. Para mim, empreender é tocar vidas com os projetos dos quais você faz parte. A minha meta era exatamente essa: tocar vidas com o livro. Mas eu não esperava que a minha vida também mudasse para sempre.

E mudou. De repente, eu tinha voz sobre a educação. O que eu tinha em mãos era como uma argila, e cabia a mim agir para que eu pudesse modelar essa argila em sua melhor forma, antes que ela endurecesse do jeito que estava.

Responsabilidade

Depois de sete anos morando nos Estados Unidos, decidi então voltar ao Brasil e focar em educação. Fundei a FazINOVA, com a missão de descobrir, desenvolver e conectar pessoas talentosas. Nós acreditamos que todos têm talentos, é só uma questão de encontrar qual é o seu. Pelo site www.fazinova.com.br oferecemos diversos cursos online gratuitos sobre comportamento, empreendedorismo e inovação, e criamos uma rede para pessoas do bem que ajudam umas às outras a realizar os seus sonhos. Tem sido uma experiência maravilhosa.

Aprendi muito nestes primeiros 18 meses de FazINOVA. Muito mesmo. E o sentimento mais forte que tenho é o de responsabilidade. Empreender é uma baita responsabilidade. Se você entrar nesse mundo entendendo isso, já sairá na frente. Falarei bastante sobre isso nesse livro.

Bem-vindo à *A menina do Vale* 2. Um livro recheado de histórias e razões para você ter uma atitude empreendedora e responsável perante a vida.

Com todo o carinho,
Bel Pesce

1

Deixe os outros descobrirem os seus triunfos

Veja se alguma vez a seguinte situação já ocorreu a você. Você conhece alguém em um jantar de amigos, tem um papo superagradável com essa pessoa e alguns dias depois descobre que ela tinha feito algo que você admirava demais, mas nem tinha comentado isso na conversa. Talvez ela tenha escrito um livro que você leu e gostou, talvez ela seja fundadora de algum projeto que você adora. O interessante foi que ela não ficou se gabando dos triunfos dela. Se essa situação ocorreu contigo, você provavelmente deve ter admirado ainda mais a pessoa.

Claro que não há problema em falar das suas conquistas, é importante se orgulhar daquilo que se realizou – e em certos contextos é importante descrever as conquistas você mesmo. O ponto não é desmerecer e não mencionar essas conquistas. O ponto é que, quanto mais humildemente for a forma pela qual essas conquistas forem descobertas, mais encantadas as pessoas ficarão contigo.

Todos nós gostamos quando as nossas conquistas são parabenizadas e reconhecidas. Mas acho estranho quando certas pessoas parecem pensar em cada palavra que falarão só para que os assuntos sempre girem ao redor delas. Baseada em centenas e mais centenas de conversas que já tive, as pessoas que mais deixam uma impressão positiva são aquelas que não falam sobre elas, e sim mostram genuíno interesse em ajudar os outros.

Eu e alguns amigos gostávamos de fazer o seguinte experimento: quando alguém marcasse um café conosco, nosso foco seria apenas mostrar um profundo interesse sobre o que a pessoa estivesse falando, nada de falar de nós. Chega a ser surpreendente o resultado. Se eu perguntasse para essa pessoa que foi escutada pelo meu amigo o que ela achou dele, ela respondia: "Fulano é incrível, que gente boa, que pessoa agradável, quero muito manter contato e ter essa pessoa na minha vida". Veja só. A impressão positiva não foi deixada por causa das conquistas do meu amigo. Foi deixada por causa da maneira como meu amigo fez aquela outra pessoa se sentir.

Uma das maiores habilidades que podemos aprender é a de agregar de verdade aos nossos amigos, família e clientes. Se você se preocupar principalmente em agregar, pode ter certeza que pouco a pouco todos os seus triunfos virão à tona, e as pessoas admirarão essas realizações ainda mais.

2

Tenha um diário

Se eu tivesse que escolher uma das coisas que mais me abriram oportunidades na vida, uma delas seria: ter um diário de anotações. Isso me faz tão bem que basicamente completo um caderninho por mês. Anoto de tudo: observações, ideias, coisas a fazer, pensamentos soltos. Transformo cada interação que tenho em vários registros.

Há cerca de oito anos, descobri os benefícios de anotar os aprendizados do dia a dia e desde então já acumulei quase 100 cadernos cheios de conhecimentos. É algo tão importante para minha vida que tenho até um programa diário sobre isso no rádio e um canal no YouTube com mais de 250 vídeos que mostram anotações do meu caderninho. Se quiser conhecer mais, basta acessar www.caderninhodabel.com

Ter um diário traz muitas vantagens, muitas delas bem sutis mas ao mesmo tempo muito importantes. Em primeiro lugar, quando escrevemos, pensamos além do "o quê". Pensamos no "porquê" e também no "como". Isso nos leva a entender nossas ações (e suas possíveis consequências) em um nível completamente diferente.

Além disso, diários nos ajudam a saber mais sobre quem somos. E o autoconhecimento é uma das ferramentas mais poderosas que existe. Entender o que importa para você, o que faz você feliz, o que energiza você e o que você abomina pode ajudá-lo a tomar as decisões certas. Essas decisões muitas vezes englobam outras pessoas também, e as observações anotadas no seu diário podem fazer com que você entenda melhor a relação que tem com as pessoas da sua vida.

Colocar no papel também a sua realidade, com desafios e conquistas, faz com que você tenha uma visão mais real do que é capaz de alcançar. E quando escreve suas metas no seu diário, você aprende a articulá-las com mais eloquência e, automaticamente, alcançá-las parece mais possível. Mais do que isso, fica muito mais claro quais os passos que deverá tomar para que suas metas se realizem.

"Entender o que importa para você, o que faz você feliz, o que energiza você e o que você abomina pode ajudá-lo a tomar decisões certas."

Outra vantagem interessante é sempre ter um registro permanente do seu passado e evitar que aprendizados se percam. Ler anotações antigas pode ser algo muito valioso, pois faz com que você não esqueça do seu contexto. Essas leituras valorizam o passado e ensinam por meio dele. Também ajudam você a não ver o presente nem pior nem melhor do que ele realmente é. Dessa forma, é possível planejar um futuro mais completo.

A maior razão pela qual anoto as experiências do dia a dia é porque isso me ajuda a sentir a vida. E depois transforma os sentimentos em memórias para sempre. Quer sentir seu passado, presente e futuro? Comece um caderninho.

Meu Caderninho em Agosto/2006

No avião a caminho de Boston

Em breve começarei uma nova vida, em um novo país, com novos amigos e novas aventuras. Já estou com umas saudades gostosas da minha família e dos amigos brasileiros, daquela vida que tinha no Brasil e tanto amava. Vou fazer de tudo para que essa mudança valha a pena e para que, todos os dias, eu continue trazendo para perto todos aqueles que são minha vida hoje.

Prioridades chegando no MIT:

(1) Aprender sobre as opções de aulas e cursos e decidir matérias para o primeiro semestre

(2) Procurar um emprego (ou dois ou três!)

(3) Conhecer gente do mundo todo

Meu primeiro dia no MIT!

Os alunos do primeiro ano precisam chegar aqui no MIT antes do começo das aulas, para participar de uma orientação do que esperar pelo ano. Quem vem de fora do país tem que chegar ainda antes, para a International Orientation; uma semana de orientações especialmente voltadas para quem é novo no país. Estou aqui com mais umas 100 pessoas do mundo todo. Estou amando ouvir tantos sotaques diferentes, tantas ideias, tantos sonhos. Esses próximos quatro anos serão o máximo. Dentre as pessoas com quem conversei hoje, três pessoas me chamaram muita atenção e quero muito conhecê-los melhor: Manu, da Costa Rica; Stella, da Grécia e Alex, de Portugal.

Ideia: organizar um almoço com eles nessa semana pra todo mundo contar mais sobre sua história. Update: marquei o almoço! Muito empolgada =)

Meu Caderninho em Maio/2011

Pensamento do dia

Empresas B2B podem ser bem difíceis de administrar. Eu, como gerente de produto, quero desenhar funcionalidades que nos coloque na liderança no médio e longo prazo. Mas, como alguém que vê de perto a importância de se fechar vendas e trazer rendimentos reais para a empresa, principalmente quando os acordos são milionários, eu entendo o empasse dos representantes de vendas em oferecer mais do que temos. O problema é que, se oferecemos mais do que temos, daí precisamos montar o que não temos. E algumas vezes vezes os pedidos dos clientes são específicos e não escalam para outros clientes, ou não estão alinhados com o quero para o nosso longo prazo, com o que imagino que realmente nos diferencie.

Aprendizado:
saber pesar direito a questão de posicionamento de longo prazo estratégico vs. sobrevivência por meio da venda imediata.

Meu Caderninho em Julho/2014

Ideias de Novos Cursos para FazINOVA

Felicidade
O modo de pensar do Vale do Silício
Storytelling
Serviço de qualidade
Experiência do usuário
→ criar conteúdo dos cursos nas próximas semanas

Recrutamento para mês que vem
(Família FazINOVA Crescendo ❤)

2 Desenvolvedores
1 Editor
1 Designer
1 Conteúdo

Frase para pensar

"Se você se acha o esperto da mesa, você está na mesa errada."

3

Metas pessoais e objetivos do negócio

Cada vez mais vejo pessoas falando que negócios e vida pessoal têm se misturado. Isso é verdade na minha vida também. Por exemplo, posso viajar com amigos para um lugar sem acesso à tecnologia e desligado do mundo, e talvez dessa viagem divertida e despretensiosa saia uma ideia de negócio que defina minha vida profissional por anos à frente.

Existem alguns trabalhos, em especial, em que tudo se mistura, e o empreendedorismo é um deles. E faz sentido: se você quer dedicar sua vida a tirar um projeto do papel, provavelmente você é apaixonado o suficiente para permitir que esse projeto permeie todos os aspectos da sua vida. Veja meu caso: eu amo conhecer pessoas, ouvir suas histórias e ajudá-las a realizar os seus sonhos. Isso é o que eu mais gosto de fazer na vida, tanto no trabalho quanto em momentos de pura descontração.

> **"Eu não acho que essa mistura do pessoal e do profissional seja necessariamente ruim. O problema existe quando as suas metas pessoais não estão alinhadas com os objetivos do seu negócio ou trabalho."**

Entenda de coração o que você quer para a sua vida, para que não haja conflitos de interesse que inviabilizem o crescimento do seu negócio ou da sua carreira. Por exemplo, se o que você mais quer na vida é holofote, é aparecer mostrando o que fez pela empresa, não se comprometa com um trabalho que vai requerer que você fique 100% nos bastidores. Será só questão de tempo até problemas acontecerem.

Já vi histórias de empreendedores que aniquilaram o próprio negócio porque focaram mais nos seus interesses pessoais do que nos objetivos do seu negócio. Por exemplo, tem gente que ama viajar. Há negócios que exigem que se viaje muito e há negócios que não. Se você escolher um negócio que exija que você esteja presente o tempo todo e, em vez disso, você ficar viajando por aí, o seu empreendimento estará fadado ao fracasso. Claro que você pode contratar alguém para estar sempre presente; mas, principalmente no início, é completamente imprudente delegar o coração da sua empresa a uma outra pessoa.

Por outro lado, se você é um ninja em comunicação e sabe liderar equipes muito bem, não escolha um trabalho ou negócio que não tenha nada a ver com isso. O próprio trabalho pode ensinar novas habilidades; mas escolher algo que não seja condizente com o que você faz muito bem pode ser uma má decisão. O negócio tem que ajudar você a alcançar suas metas de vida, e suas habilidades pessoais devem potencializar o negócio. Quando você encontra um trabalho que cabe nessa equação, os resultados aparecem com muito mais naturalidade.

A mesma coisa é válida para funcionários. Se você tem uma empresa e está recrutando novas pessoas para trabalhar nela, entenda as habilidades pessoais delas e o que realmente elas querem para a sua vida. É fácil as pessoas se empolgarem e agarrarem uma oportunidade que, na verdade, não tem nada a ver com o que elas querem. Você, como empreendedor, entende a cultura da empresa melhor do que todos os outros. É seu papel analisar se tudo se alinha. Se esse não for o caso, não contrate essas pessoas.

Sempre que estiver escolhendo uma oportunidade profissional, analise até que ponto as suas habilidades podem potencializar essa oportunidade, e também como esse trabalho poderia ajudar você a alcançar suas metas pessoais. Se as coisas estiverem desalinhadas demais, vale a pena checar outras oportunidades antes de tomar uma decisão.

"O negócio deve ajudar você a alcançar suas metas de vida, e suas habilidades pessoais precisam potencializar o negócio."

4

Desperte a curiosidade das pessoas

Como empreendedor, saber encantar seus usuários com os produtos ou serviços que você cria pode ser um grande diferencial da sua empresa. E saber fascinar seus funcionários, colaboradores e parceiros com a sua visão pode ser o que viabiliza a criação de produtos tão encantadores.

Existem algumas maneiras de tornar esse encantamento mais possível. Tudo começa com algo simples, mas muito poderoso: saber despertar a curiosidade das pessoas. Não explique apenas o que você está fazendo. Explique por que você está criando aquela empresa e como ela será diferente do que já existe por aí. Mostre o propósito de tudo aquilo, e como você mudará vidas para melhor.

Por exemplo, uma coisa é eu falar o que fazemos na FazINOVA: criamos diversos cursos de desenvolvimento pessoal e profissional. Outra coisa é explicar o porquê de fazermos isso: acreditamos que todas as pessoas nesse mundo têm talentos, e que usando esses talentos elas podem realizar os seus sonhos. Nossos cursos existem para ajudar as pessoas a descobrir as suas competências, desenvolvê-las ao máximo e a se conectarem com outras pessoas que possam ajudá-las a realizar seus sonhos.

Conte histórias e as desenrole aos poucos. Crie expectativas lindas (e reais) e, sempre que possível, mostre em vez de simplesmente falar. A Apple é mestre nisso. Deixe as pessoas mostrarem o que elas sentem quando percebem onde a empresa quer chegar, ao enxergarem o progresso do produto. Interaja para que você entenda com total clareza o efeito que causa nas pessoas.

> “Mostre o processo, mostre o progresso. E lembre que existe sempre um diálogo de sentimentos.”

Mas, para realmente despertar a curiosidade de terceiros, você não pode estragar o efeito-surpresa. Mostre o necessário para que as pessoas se interessem pela história, mas não mostre logo o final. Deixe as pessoas desvendarem pouco a pouco como todo aquele trabalho poderá transformar o mundo.

Com a curiosidade em mãos, um trabalho benfeito e um progresso constante, o encantamento acaba sendo um resultado mais atingível.

Qual história irá contar e qual produto você irá criar para realmente construir essa história?

5

Como o empreendedorismo muda você

Não quero assustar você com esse capítulo. Mas preciso falar a verdade sobre o que é empreender e o que você sentirá se entrar nesse mundo.

Empreender é para os fortes. Empreender é para quem tem muito estômago para conseguir lidar com uma montanha-russa de emoções. Empreender é para quem aguenta viver em meio a incertezas e tem muita resiliência a tombos e tapas na cara. Quando você se joga de corpo e coração nessa tarefa de empreender, esteja certo de uma coisa: você mudará. Empreender traz uma maturidade única.

Muita gente romantiza o que é ser empreendedor. Claro que tem lados fantásticos. Ter a possibilidade de criar algo que mudará vidas para melhor é incrível. Quando você vê alguém usando o seu produto, com um belo sorriso estampado no rosto, suas referências quanto ao poder que você tem em tocar pessoas para o bem mudam. Essa mudança é demais. Mas depois que você alcançou essa conquista de tocar vidas uma vez, se prepare: essa será sua referência para sempre. Você sempre se perguntará se as ações que está tomando são as melhores possíveis para tocar mais vidas, positivamente. Essa se torna uma responsabilidade que estará sempre contigo.

"Empreender é para os fortes. Empreender é para quem tem muito estômago para conseguir lidar com uma montanha-russa de emoções."

Criar e tocar vidas é magnífico. Mas a verdade é que você não passará a maior parte do seu dia criando. Três dos seus maiores trabalhos acabam sendo: resolver um problema atrás do outro, garantir que a empresa não fique totalmente sem dinheiro e administrar pessoas. E, nesses três quesitos, haja coração para lidar com as surpresas.

As pessoas podem surpreender para o bem, com seu incrível trabalho. Quando isso acontece, é algo delicioso de ver. E isso muda você: traz uma superconfiança na humanidade, uma visão positiva sobre o mundo. Quando você percebe que está gerando empregos para essas pessoas, que sua empresa está atraindo essas pessoas maravilhosas, você percebe o quanto é possível realizar.

Mas também existe gente que, infelizmente, surpreende para o mal. Como gestor, você pode pensar que isso sempre tem conserto e despender uma superenergia para ajudar essas pessoas. Algumas mudam, e você ficará muito feliz com isso. Outras, por outro lado, surpreendem você ainda mais negativamente. E então isso muda você também: você aprende que a missão de algumas pessoas na sua vida é puramente mostrar o que você não quer para você.

Você aprende também que as palavras de algumas pessoas valem tanto quanto assinar um contrato com sangue. Existe gente séria e confiável. Mas também há pessoas para as quais suas palavras não valem absolutamente nada. E então empreender mudará você mais uma vez: na dúvida, celebre alguma conquista quando estiver tudo assinado. Você só celebrará uma grande venda ou aporte quando o dinheiro cair na sua conta. Você aprenderá a não comemorar uma vitória antes do tempo.

Mas, no final, tudo isso acaba gerando mudanças para o bem. Porque o real empreendedor é incansável. Quem quer mesmo causar impacto, não se aflige diante dessas incertezas e de alguns dolorosos aprendizados. Quem entende a responsabilidade que tem em mãos, não sofre com o fato de que às vezes estará sozinho tomando uma decisão. Porque quando chegar a esse ponto, tocar vidas será uma meta certa, totalmente inegociável.

“E então empreender mudará você mais uma vez: na dúvida, celebre alguma conquista quando estiver tudo assinado.”

6

Tenha uma mente aberta

Desde pequena, sempre gostei de observar o mundo. Sempre achei fascinante ver as pessoas andando de um lado para o outro: eu ficava imaginando quanta história, sonhos, realizações tinham por trás de cada vida. Gostava de sentar perto da Avenida Paulista, em São Paulo, e ver aquele mundo de gente atravessando a rua. Se eu pudesse, conversaria com cada uma das pessoas e aprenderia com cada história.

Cresci e aprendi que cada pessoa tem seu jeito de ver o mundo. E não há nada pior do que não respeitar isso. Cada um de nós cresce com os próprios valores e crenças, e meu ponto não é, de forma alguma, o de que devemos mudá-los. Mas pessoas com mentes fechadas sofrem desnecessariamente.

Se você tem uma mente fechada, é muito fácil chegar rapidamente a conclusões e fazer um julgamento baseado somente no seu ponto de vista. Porém, muitas vezes, um ponto de vista é exatamente isso: um ponto de vista. Não necessariamente um fato. E chegar a uma conclusão errada pode machucar você sem razão e também machucar outros ao seu redor.

Se você não abre a sua mente, é como se você visse tudo em preto e branco e não soubesse disso. Somente quando você der a chance para outras pessoas mostrarem outras cores, você entenderá que há muito mais para se ver. E quando você observar o mundo com esses outros olhos, você verá mais soluções e travará menos diante de adversidades, pois você enxergará muito mais alternativas.

Você também terá menos medo de abraçar a vida e mais coragem de se permitir. Experiências se tornarão uma prioridade e você acabará querendo conhecer coisas novas. E quando percebe que ainda há muito a aprender, que nunca saberá tudo, se permite ser vulnerável. Por mais que isso possa ser aterrorizante, isso também pode trazer deliciosas emoções.

Abra sua mente e dê uma chance para outros pontos de vista. Você não precisa mudar o seu, mas com certeza isso ajudará você a se relacionar com outras pessoas e a criar e agarrar muito mais oportunidades.

"Se você não abre a sua mente, é como se você visse tudo em preto e branco e não soubesse disso. Somente quando você der a chance para outras pessoas mostrarem outras cores, você entenderá que há muito mais para se ver."

7

Encontre pessoas que querem ver o seu sucesso

Nosso mundo está mais conectado do que nunca. Existem diversas tecnologias e ferramentas para ajudar você a se conectar com um monte de gente. Pare e observe com quantas pessoas você interage todo dia por e-mail, telefone, Skype, Whatsapp, Facebook e vários outros meios. Você sabe que, se quiser, dá para interagir com centenas de pessoas em um só dia.

Mas será que toda essa quantidade é importante? Eu gosto de focar em qualidade e, para mim, a métrica mais importante é encontrar gente do bem que faz acontecer. Amo conhecer pessoas que têm sonhos grandes, que ajudam os outros e que não pensam só em si mesmas.

Tem algo que acontece às vezes, e pode até passar batido, mas deveria ser considerado um grande acontecimento: encontrar gente do bem que quer ver o seu sucesso. Tem muita gente de coração bom por aí. Algumas delas já passaram pelo que você está passando. Outras podem se identificar muito fortemente com você. E daí elas querem ajudar você. Seja porque tiveram alguém que as ajudou e elas querem passar essa corrente adiante, seja porque acreditam que alguém as tivesse ajudado elas não teriam passado por tantas dificuldades – o fato é que essas pessoas querem ver o seu sucesso.

> "Amo conhecer pessoas que têm sonhos grandes, que ajudam os outros e que não pensam só em si mesmas."

Agarre essa oportunidade e faça por merecer essa ajuda. Ouça as ideias dessas pessoas, aja em cima do que faz sentido para você e mostre os resultados a elas. Agradeça-lhes dando-lhes o contexto. Mostre o quanto elas têm ajudado você. Essas pessoas podem ser as responsáveis por mudanças positivas na sua vida, por investimentos nas suas ideias, por dicas valiosíssimas que façam um projeto realmente sair do papel. Elas podem também se tornar fortes inspirações e amigos para uma vida.

O mais legal é que essas pessoas podem aparecer a qualquer hora, de qualquer lugar. Aliás, essas aparecem quando você menos espera. E elas não serão necessariamente mais velhas ou mais experientes do que você. As pessoas do bem que querem ver o seu sucesso serão das mais variadas idades e *backgrounds*.

Existem vários programas de *networking* que ajudam você a encontrar pessoas que têm a possibilidade de abrir novos horizontes. Eu tive a grande alegria de fazer parte de alguns programas que mudaram a minha vida.

> "Essas pessoas são dádivas que precisamos abraçar e valorizar para que façamos por merecer a ajuda delas, e assim possamos aprender mais rápido e superar obstáculos mais facilmente."

Um deles é o Sandbox Network, uma rede de jovens que promovem mudanças extraordinárias no mundo. Todos os meus amigos são superjovens e todos nós ainda temos muito a realizar na vida, mas são gente do bem que querem genuinamente ver o sucesso de todos os outros da rede. Com isso, as pessoas acham diversas maneiras de se ajudar muito. Por exemplo, somos cerca de mil pessoas nessa comunidade, e quando alguém precisa de ajuda com qualquer coisa, seja um contato, uma resposta a uma dúvida, um lugar para ficar em uma viagem ou um ombro amigo, em questão de minutos, várias pessoas voluntariam-se para ajudar.

Sempre que conhecer alguém, preste atenção para não deixar de perceber se é uma pessoa maravilhosa que quer ver o seu sucesso. Essas pessoas são dádivas que precisamos abraçar e valorizar para que façamos por merecer a ajuda delas, e assim possamos aprender mais rápido e superar obstáculos mais facilmente.

→ HOJE NA FAZINOVA!
PAPO DO BEM

8

Compartilhe o seu conhecimento

Eu acredito que é possível agregar muito valor ao compartilhar gratuitamente conteúdos relevantes. Creio também que as maiores empresas do mundo, num futuro próximo, terão modelos de negócios que se basearão no oferecimento gratuito de diversas ideias e informações valiosas aos usuários e ainda monetizar essa rede de conhecimentos e de contatos ao disponibilizar todo esse conteúdo.

Uso essa filosofia em tudo que faço, e até agora os resultados têm apoiado as minhas teorias de que dividir é, na verdade, multiplicar. Eu fiz questão de que meu primeiro livro, *A menina do Vale*, fosse gratuito. Até mesmo depois que lancei o livro impresso, não tirei a versão gratuita do ar. Mesmo com mais de 2 milhões de livros baixados, as vendas do impresso continuam a subir. Por que isso? Porque quando você oferece algo de valor gratuitamente a alguém, realmente sem esperar nada em troca, essa pessoa tem uma gratidão especial por você. E essa gratidão se transforma em uma honesta divulgação do seu trabalho.

Quando criei o modelo de negócios para minha empresa, também tentei focar no gratuito. Na FazINOVA, nós produzimos diversos cursos on-line sobre empreendedorismo, inovação e comportamento. O custo de produção de um curso é o mesmo, seja para uma única pessoa assistir, seja para um bilhão. Então, sabendo que há milhões de pessoas que se interessam por esse conteúdo, na verdade, eu não queria um modelo que restringisse o conteúdo apenas para alguns pagantes e deixasse tantos outros interessados sem acesso.

Criei, então, o seguinte modelo: a FazINOVA faz a criação e produção de cursos, os usuários podem assistir totalmente de graça, e marcas que querem se associar a esse conteúdo viabilizam os custos. Uma boa maneira de todos os pilares ficarem felizes e de todo o mundo ter acesso ao conteúdo. Se quiser acessar os nossos cursos, é só visitar www.fazinova.com.br.

"Uso essa filosofia em tudo que faço e até agora os resultados têm apoiado as minhas teorias de que dividir é, na verdade, multiplicar."

O mundo já está aberto. Isso é fato. E tem gente que está saindo na frente mostrando que entende o novo mundo. Elon Musk, CEO da Tesla Motors e uma das pessoas que eu mais admiro, resolveu abrir todas as patentes dos seus carros para quem quisesse modificá-los como bem entendesse. Achei genial. O verdadeiro valor do conhecimento está nas pessoas que realmente aprendem como usá-lo.

9

Trabalhe muito

Às vezes escutamos histórias por aí de gente que realiza grandes sonhos da noite para o dia. Do jeito que essas histórias são contadas, parece que há uma fórmula mágica para transformar sonhos em realidade num piscar de olhos. Mas não há. Essas histórias de grandes realizações que acontecem da noite para o dia são simplesmente exageros romantizados de uma história que agora sabemos que deu certo, mas, antes disso, pode apostar que passou por anos de trabalho, sofrimento, tombos e aprendizados.

Por trás de toda vitória tem muito suor, muita preparação, muita garra. Não há segredo: você tem um sonho? Você terá que trabalhar duro por ele. Quando o sonho acontecer até podem pensar que é sorte, mas você saberá o quanto lutou para chegar lá.

Quando eu estava no terceiro ano do ensino médio, meu grande sonho era entrar para o Instituto de Tecnologia de Massachusetts, o MIT (*Massachusetts Institute of Technology*), uma das maiores referências em tecnologia. Na última hora, descobri que já tinha perdido o prazo para enviar meus materiais. Mais especificamente, não havia mais como ser entrevistada por um ex-aluno do MIT e também já havia passado a data para me inscrever em uma prova, o SAT. Mas não me abati. Desistir seria aceitar o "não", que eu já tinha. Deveria haver uma solução. Quebrei o desafio maior em metas menores: preciso encontrar o endereço de um ex-aluno e preciso ver se há alguma prova para mim.

"Por trás de toda vitória tem muito suor, muita preparação, muita garra."

Consegui o endereço de um ex-aluno que morava em São Paulo. Era minha chance. Como não sabia bem o que esperar de um entrevista para a faculdade, coloquei tudo que tinha feito na minha vida em uma caixa de papelão e fui para lá, com a cara e com a coragem, tocar a campainha da casa dele.

Fui recebida por um italiano extremamente simpático e gente boa, mas que me avisou que realmente já havia passado o prazo. Ele não entendeu o que era aquela caixa de papelão na minha mão. A verdade é que ela me salvou. Expliquei que ali carregava minha vida e que eu implorava por alguns minutos para mostrar como poderia usar o que eu aprendesse no MIT para mudar o Brasil e o mundo para melhor. Ele concordou em conversar comigo.

Em meio a uma positiva surpresa, descobri que realmente o prazo para se inscrever nas provas tinha se esgotado, mas que ela ainda iria acontecer, em uma escola em São Paulo. De novo, era minha chance. Resolvi aparecer lá. Como meu nome não estava na lista, fui convidada a me retirar. E lá estava eu implorando de novo, dessa vez pedindo que me deixassem esperar do ladinho da sala, caso sobrasse uma prova para mim. Depois de ouvir todos me falarem que não teria provas, consegui, ainda assim, esperar. Foi uma das cenas mais dramáticas da minha vida. Cada vez que uma pessoa entrava, era um assento a menos livre, era um passo a mais que me distanciava do meu sonho. Três assentos vazios... Dois assentos vazios... Um assento vazio. Mas esse único assento nunca foi preenchido por alguém de fora. Esse assento virou meu assento. Consegui fazer a prova. Alguns meses depois, recebi a cartinha do MIT, me convidando para estudar lá.

Quem olha por cima pode imaginar que essa é uma baita história de sorte. Mas a sorte só ajuda quem abre as portas para ela. Eu podia ter desistido em qualquer momento, mas fui até o fim. E a sorte só ajuda os preparados. Se eu não estivesse preparada, de nada adiantaria fazer a entrevista ou a prova. Esses momentos só se tornaram vitoriosos por causa de todo o trabalho que eu tinha realizado durante toda a minha vida.

“Trabalhe duro e você verá que criará sua própria sorte e poderá realizar seus grandes sonhos. Não há segredos, fórmulas mágicas ou atalhos.
Só foco e suor.”

2034
JANEIRO
FEVEREIRO
MARÇO
ABRIL
MAIO
JUNHO
JULHO
AGOSTO
SETEMBRO
OUTUBRO
NOVEMBRO
DEZEMBRO

10

Pense a longo prazo

O que Jeff Bezos, Bill Gates e Jorge Paulo Lemann têm em comum? Eles são adeptos fervorosos de filosofias que valorizam o longo prazo em vez de se focarem em resultados imediatistas. Bezos é tão obcecado com o longo prazo que todos os anos, desde que a Amazon se tornou pública em 1997, ele finaliza seu comunicado aos acionistas anexando essa primeira carta de 1997, na qual ele dizia que a única maneira de tornar real o potencial da Amazon, como pessoas ou empresa, era pensando a longo prazo.

Sim, o mundo de hoje anda bem agitado. As pessoas andam sem paciência. Muitas coisas são efêmeras. Mesmo em relações profissionais ou pessoais, todos parecem sofrer de uma certa vontade de ver resultados agora. E receber recompensas por esses resultados de imediato.

Existem empreendedores cuja missão é fazer uma empresa atrás da outra. Quanto mais rápido eles vendem a empresa, mais orgulhosos ficam. Cada um com suas preferências, mas existem empresas que poderiam ser gigantes e estão sendo queimadas logo na largada.

Não se atropele. Por mais que o mundo esteja mudando muito rapidamente, e por isso você também tenha que ser rápido, planeje para o longo prazo, acreditando em você. Crie estruturas para que consiga continuar crescendo ainda por muito tempo. Quando for tomar uma decisão, não analise apenas o efeito dessa decisão daqui a alguns meses, pense no que essa decisão pode acarretar em anos.

Quem pensa a longo prazo se diferencia. O próprio Bezos mencionou uma vez que, quando tudo que você faz tem que funcionar em 3 anos, você irá competir com muita gente. Agora, se você estiver trabalhando com metas para daqui 7 anos, você competirá com muito menos gente, pois menos empresas estarão dispostas a fazer isso.

> "Por mais que o mundo esteja mudando muito rapidamente, e por isso você também tenha que ser rápido, planeje para o longo prazo, acreditando em você. Crie estruturas para que consiga continuar crescendo ainda por muito tempo."

Claro que também é importante pensar a curto prazo, se diferenciar rapidamente, pensar em cada dia como uma possibilidade de crescimento. Mas as suas ações e resultados do dia a dia devem ser planejados para que, juntos, criem um resultado de longo prazo ainda mais incrível. Experimente. Veja aonde sua empresa pode chegar em 10, 20, 30 anos. É fato que as coisas mudam e é difícil planejar tanto tempo à frente, mas se os seus valores e grandes metas como companhia estiverem claros, um pensamento a longo prazo pode trazer longevidade para o negócio.

11

Pense grande, mas execute com os pés no chão

Eu amo sonhar grande. Tenho páginas e mais páginas nas quais descrevo meus sonhos para mim mesma. Faço listas do que quero realizar nessa semana, nesse mês, nesse ano, nessa década. Tenho até alguns arquivos que nomeio como "alucinações da madrugada" porque gosto de escrever no meio da noite, e quando engato e anoto tudo o que espero realizar, parece mesmo alucinação.

Ainda assim, até o dia de hoje, praticamente toda alucinação que eu tive se tornou realidade. Entrar no MIT, conseguir certos empregos, escrever livros, começar e completar diversos projetos, um a um, cada sonho foi se realizando. Mas isso só aconteceu porque, se por um lado a realização parecia irreal e sonhadora, por outro a execução era completamente pé no chão. O que realmente viabiliza uma realização é planejar o passo a passo de uma execução eficaz.

Grandes sonhos são muito mais próximos de ser uma maratona do que um *sprint*. Por mais que tudo pareça urgente e imediato, não há como fazer tudo de uma só vez. Há diversos empreendedores que mantêm um ritmo frenético no começo imaginando que depois tudo acalmará. Mas é necessário manter um certo ritmo por anos, porque não é saudável se cansar na largada.

> "O que realmente viabiliza uma realização é planejar o passo a passo de uma execução eficaz."

Como não é possível construir sonhos sozinho, saber administrar a equipe que participará dessa construção é muito importante. É comum que empreendedores acreditem tanto no sonho que já considerem que ele seja real. Mas prometer coisas impossíveis à equipe pode acabar atrapalhando a execução dos sonhos. A administração e as promessas também têm de ser feitas com pé no chão.

Por exemplo, você pode estimular a equipe dizendo que, se terminarem um produto em determinado tempo, vocês conseguirão vender esse produto por 200.000 reais e assim a empresa poderá crescer rapidamente. Mas, se essa meta de venda não se concretizar, você perderá toda a credibilidade e desmotivará a equipe. Ter visão de longo prazo é ótimo para motivar, mas não torne metas que não são possíveis naquele momento em argumentos de motivação.

"Ter visão de longo prazo é ótimo para motivar, mas não torne metas que não são possíveis naquele momento em argumentos de motivação."

Viajar nos seus sonhos é bom. Viajar na execução, não. Quando se trata de dar os passos necessários para que o sonho grande se realize, qualquer detalhe é importante. Todo dia é crucial. Cada vitória tem que ser celebrada.

Há passos que você não entenderá muito bem como dar. Não tenha medo de experimentar fazer de uma maneira ou de outra. O importante é ter muito claro as metas que quer alcançar, assim você pode ver os resultados daquele experimento e entender se as métricas são positivas ou se você tem que alterar alguma coisa.

Como diz Jorge Paulo Lemann, "sonhar grande dá o mesmo trabalho que sonhar pequeno". No final, o importante é ter certeza de que esse é o sonho pelo qual você quer trabalhar, e saber que vai ser necessário mudar rapidamente e constantemente entre pensar grande e tomar pequenos e eficazes os passos.

"Sonhar grande dá
o mesmo trabalho que
sonhar pequeno."

12

O valor do *feedback*

Existe gente que ama *feedback*. E existe gente que odeia. E tem uma razão simples para isso. A qualidade do *feedback* e sua eficácia dependem da maturidade de quem está dando e de quem está recebendo essa avaliação.

> "A qualidade do *feedback* e sua eficácia dependem da maturidade de quem está dando e de quem está recebendo essa sugestão."

Quem está recebendo *feedback*, tem que pensar que toda crítica é uma oportunidade de crescimento. É muito comum levar as opiniões para o campo pessoal, quando, na verdade, você ganharia muito mais se ouvisse, pensando honestamente em como pode melhorar os pontos negativos que lhe foram mostrados. Talvez você não concorde com aquilo que esteja sendo falado. Sem problema, pois nem todas as sugestões estarão de acordo com o contexto no qual você vive e, provavelmente, nem serão justas. Mas, em vez de rebater ou entrar na ofensiva, agradeça, diga que nunca tinha visto as coisas dessa maneira e que prestará mais atenção no futuro. Você poderá até explicar o seu ponto de vista, com calma e clareza, e, se realmente o *feedback* não fizer sentido, você poderá descartá-lo. Mas nunca vi alguém realmente crescer ao começar uma briga gigante e desgastante por discordar de um *feedback*.

Use todo *feedback* para refletir. Se for para fazer perguntas, não as faça para tentar se justificar, mas sim para entender melhor o que está sendo dito. Por mais difícil que seja, encare esses comentários como um presente. E não julgue antes de pensar um pouco mais sobre o assunto. Às vezes fechamos o ouvido e acabamos deixando de lado as pérolas que poderiam estar escondidas naquela observação.

O ponto não é aceitar sempre qualquer *feedback*, sofrer, querer mudar, mas aprender o que for possível de cada sugestão. Conforme você for interagindo com as mesmas pessoas na sua vida, ficará mais claro quais opiniões são extremamente válidas. Talvez não sejam as pessoas que acham tudo lindo que importa, mas, os verdadeiros amigos sejam aqueles que, sabendo que você poderia estar indo ainda melhor, fazem questão de falar o que tem de ser dito.

Perde-se muita informação se o receptor tiver maturidade e o locutor não. Uma aluna que participou do primeiro curso de Habilidades da FazINOVA fez uma bela apresentação sobre o jeito certo de dar *feedback*. Ela explicou que o melhor *feedback* é aquele que é VERO: Verdadeiro, Específico, Relevante e Oportuno. O melhor é dar um exemplo específico e real daquilo que aconteceu, que não tenha acontecido há muito tempo, e que realmente importe para a pessoa. O foco da sugestão deve ser em como melhorar. O bom é sugerir soluções para a situação problemática, e não considerar a pessoa como o centro do problema.

"O ponto não é aceitar sempre qualquer *feedback*, sofrer, querer mudar. O ponto é aprender o que for possível de cada sugestão."

Por último, se você precisa dar *feedback* a alguém, faça-o diretamente. Não critique essa pessoa a terceiros, isso é irrelevante e pode virar fofoca em vez de algo que vai ajudar. *Feedback* pode ser uma das melhores maneiras de entender como se pode melhorar. Mas apenas se os dois lados entenderem o seu valor.

13

Seja faminto por aprender

Eu sempre fui muito curiosa. Cresci querendo aprender sobre tudo que fosse possível, porque me divertia muito com isso. Naquela época, não sabia que ser faminta por aprender poderia me abrir tantas portas. Mas agora eu tenho plena consciência disso.

No primeiro ano do ensino médio, entrei no Colégio Etapa. Minha paixão por aprender tinha feito com que eu fosse bem em Matemática, o que me ajudou a conseguir uma bolsa no colégio. Na minha época, eram quatro provas por semana no Etapa, toda terça, quarta, quinta e sexta-feira.

A estratégia de que muitos alunos têm de aprender na véspera se tornava um pouco perigosa, pois acabava não dando tempo de aprender tudo em um dia. E então piorava a situação: a prova de recuperação cairia no mesmo dia de uma nova prova. Como aprender, de novo, tudo na véspera? Resumindo: descobri que deveria aprender a matéria no momento em que ela fosse ensinada, não só quando tivesse alguma prova que iria verificar se eu tinha aprendido mesmo. E descobri que aprender no momento em que estava sendo ensinado não era doloroso nem difícil. Pelo contrário. Era muito mais eficaz. O Etapa mudou minha vida.

"Crescemos na cultura da 'procrastinação', na qual enrolamos até o último segundo para realmente realizar uma ação. Mas todos os momentos contam. E todos podem ser usados para aprender algo."

Crescemos na cultura da "procrastinação", na qual enrolamos até o último segundo para realmente realizar uma ação. Mas todos os momentos contam. E todos podem ser usados para aprender algo. Está assistindo um jogo de beisebol e não entende nada sobre isso? Aproveite para aprender todas as regras. Saiu com alguns amigos que são loucos por filmes antigos? Peça dicas sobre quais filmes deve assistir.

A minha palavra favorita é "*serendipity*". É uma palavra que se sente muito mais do que se explica. Mas se for para explicar, eu diria que é "encontrar, ao acaso, momentos valiosos pelos quais você não estava procurando". Se teve algo que fez com que eu tivesse muita *serendipity* na minha vida, foi ser faminta por aprender.

Absolutamente todos os assuntos podem, eventualmente, ser importantes. Confie que aprender algo fará sentido, mesmo que esse novo conhecimento demore para ser usado, mesmo que você o adquira em um momento de *serendipity* pura.

Aprenda com vontade, aprenda com leveza. Se você perceber, todas as situações pelas quais você passa podem lhe trazer aprendizados sobre como melhorar em diversos aspectos da vida: como irmã, como filha, como namorada, como chefe, como colega.

As melhores pessoas que conheci na minha vida são engenhosas com as informações que sabem. São pessoas que conseguem juntar vários aprendizados, vários contatos e criar estruturas para resolver desafios atrás de desafios.

Seja faminto por aprender. Eu tenho certeza absoluta de que isso dará a você uma vantagem competitiva e ainda trará muita alegria.

"Absolutamente todos os assuntos podem, eventualmente, ser importantes. Confie que aprender algo fará sentido, mesmo que esse novo conhecimento demore para ser usado, mesmo que você o adquira em um momento de *serendipity* pura."

14

Confie em si mesmo

Não acreditar nas suas capacidades é uma das coisas mais nocivas que você pode fazer a si mesmo. A vida é feita de experiências e você deve ser o responsável pelo seu destino. Os seus resultados dependem do que você fizer. E a sua felicidade também. Mas quando você não confia em si mesmo, sua vida se torna uma eterna espera de que alguém solucione as coisas no seu lugar. E o que acaba acontecendo é que você deixa de viver.

A jornada não se faz sozinho. Ainda bem. Muitas das melhores experiências da vida se fazem junto a outras pessoas. Mas, no final, a decisão sobre quem você quer que divida a jornada contigo é sua. Você conhece o seu valor e sabe o que quer para si. Você encontrará gente que não partilhará dos mesmos valores e você ainda poderá vir a se machucar. Nunca baixe suas referências porque uma ou outra pessoa o desapontou.

Conheci pessoas que eram muito inteligentes, mas não acreditavam em si próprias. Quando algo bom lhes acontecia, em vez de fazerem o melhor trabalho das suas vidas, para crescer e gerar algo ainda maior, acreditavam que aquilo lhes aconteceu por sorte e que não duraria muito. E agiam como desesperadas, tentando tirar vantagem de uma situação que elas achavam que logo acabaria. E, claro, agindo assim, a situação ia por água abaixo mesmo.

"Por mais que o mundo não seja 100% justo, o que eu vi até hoje mostra que as pessoas que fazem por merecer quando lhes é dada uma chance criam oportunidades muito maiores."

> **"Confie, trabalhe, aprenda, trabalhe mais, aprenda mais e continue confiando. É a única maneira de você ser dono do seu destino."**

As piores experiências que tive aconteceram junto a pessoas que não se garantem. Pessoas que só pensam no curto prazo e que agem como parasitas. Em vez de passar uma semana aprendendo o que precisam para fazer determinada tarefa, ficam dias discutindo e enrolando até que não tenham mais que fazer a tarefa. Em vez de baixar a cabeça, trabalhar para poder ganhar vantagens por fazer um bom trabalho a longo prazo, querem é a vantagem agora, sem nem ao menos merecerem.

Por mais que o mundo não seja 100% justo, o que eu vi até hoje mostra que as pessoas que fazem por merecer quando lhes é dada uma chance criam oportunidades muito maiores. E quando você entende que é capaz, você muda totalmente a sua referência. Você entende que tem coisas que você sabe e coisas que você não sabe. Mas confia que fará muito bem o que sabe e aprenderá o que não sabe. E isso tira todo o *stress* negativo que poderia existir no caminho, ficando apenas a energia positiva no rumo de mais realizações.

Quando você tem uma empresa, todos que dependem de você só estarão bem se você estiver bem também. E só confiarão em você, se você também confiar. Confie, trabalhe, aprenda, trabalhe mais, aprenda mais e continue confiando. É a única maneira de ser dono do seu destino.

15

Aprenda a dizer “não”

Depois de me formar na faculdade, trabalhei em uma *startup* chamada Ooyala, no Vale do Silício. Meu cargo era Gerente de Produto e o meu papel principal era administrar a equipe de engenheiros que montaria os novos produtos da empresa. Quando você está lançando um produto novo, todo mundo, dos clientes aos colegas, tem opiniões sobre o que você deve adicionar. E uma das coisas que acontecem constantemente é o chamado "*feature creep*": você cada vez quer colocar "só mais uma coisa" e o produto nunca é lançado. Eu realmente não queria que isso acontecesse.

Nesse trabalho, aprendi que saber dizer "não" é essencial para obter melhores resultados. O meu melhor trabalho aconteceu quando eu disse "sim" para o foco e "não" para todo o resto. Você tem clareza sobre o que é o coração do seu negócio? Se tiver, por mais que seja legal aprender sobre outras alternativas, diga "não" para aquilo que não está alinhado com o coração do seu negócio.

É sempre bom estar aberto para agregar novos pontos de vista, mas não inviabilize algo para tentar agradar a todos. A verdade é que é impossível agradar a todos. Nunca diga "sim" por culpa, por conflito interno ou por achar que consegue dar conta de tudo. Falar "sim" e sofrer ou se magoar não é sinônimo de ser uma pessoa legal. As relações que realmente valem a pena são aquelas que são ganha-ganha a longo prazo.

"Eu acho mil vezes melhor falar "não", do que falar "sim" e depois não fazer. O "não" pode ser inesperado e causar algumas dores, mas será honesto."

É bacana estar aberto a novas experiências, sou a primeira a defender isso, mas não aniquile o que você já tem por se comprometer com coisas demais.

Eu acho mil vezes melhor falar "não" do que falar "sim" e depois não fazer. Receber o "não" pode ser inesperado e causar algumas dores, mas será honesto. Mais do que isso, por dar o contexto real, você pode evitar consequências ruins para várias pessoas. Imagine se a outra pessoa dependia do seu "sim" para se comprometer com outras pessoas. Quando ao final ela descobrir que seu "sim" não era válido, vai se desencadear um efeito dominó de perda de credibilidade para todos que prometeram coisas baseadas nesse "sim".

Tenho pavor daquelas pessoas que dizem "sim" para tudo e no final não fazem quase nada. "Claro, amiga! Com certeza estarei lá!" e não aparece. Nunca fez sentido para mim por que as pessoas fazem isso. Não entendo por que seria melhor prometer e ficar fugindo em vez de simplesmente dizer que não poderá estar lá.

Se você tiver que falar "não" a alguma situação, não fale "não" com um tom de defesa ou desculpa profunda. Isso faz parecer que você está devendo algo ou que ainda há chances de que mude de ideia e fale "sim". Há duas coisas melhores do que isso. Primeiro, se tiver uma maneira de fazer as coisas funcionarem e que seja diferente do que foi proposto, sugira como você pode ajudar. Segundo, se você não puder ajudar, mas conhecer alguém que possa, mencione quem seria essa pessoa.

Quem diz "sim" para tudo pode perder o foco, se comprometer com mais do que consegue fazer e prejudicar alguém ao não cumprir o combinado. Lembre-se: seja honesto e, se não puder dizer "sim", dê o contexto real para as pessoas. Tenho certeza de que elas ficarão mais felizes com sua autenticidade do que ficariam caso você falhasse com elas.

16

Expressões proibidas

Eu acredito que a maneira como falamos as coisas pode acabar influenciando a maneira como agimos. Sabendo o que eu não quero para a minha vida, há algumas expressões que eu tento evitar usar no dia a dia.

A última coisa que quero é ser uma pessoa passiva, só esperando a vida passar em vez de aproveitar com energia cada momento. Ficaria muito triste se eu olhasse para trás e visse que passei pela minha vida apenas esperando que presentes caíssem no meu colo, apenas aguardando que milagres acontecessem, apenas fazendo o mínimo necessário para a sobrevivência.

Acredito que a sorte aparece para aqueles que trabalham muito, estão preparados e sabem agarrar uma oportunidade. Com isso, fujo das expressões "Espero que" e "Tentar".

"Acredito que a sorte aparece para aqueles que trabalham muito, estão preparados e sabem agarrar uma oportunidade. Com isso, fujo das expressões 'Espero que' e 'Tentar'."

"Espero que" é uma expressão que dá margem para acreditar que o resultado está nas mãos de outras pessoas, que você não tem controle algum sobre o desfecho de uma situação. Em algumas situações, isso pode até ser verdade. Mas na grande maioria das vezes é bem melhor ir lá e fazer a diferença, em vez de ficar só esperando. "Espero que" acaba justificando que você coloque a culpa ou responsabilidade em um terceiro. E você pode perder a chance de resolver você mesmo.

Sobre "tentar", até Yoda concorda: ou você faz ou não faz. Dizer a si mesmo que está tentando apenas acaba gerando uma certa leniência com o não fazer o seu melhor. A minha filosofia é simples. Não dar certo faz parte, mas eu tenho que ter dado absolutamente o meu melhor. Não existe essa de tentar. A atitude certa é ir com tudo naquilo que você sonha realizar.

Cada pessoa usa certas palavras em diferentes contextos, e, consequentemente, as expressões proibidas de uma pessoa não devem ser exatamente as mesmas. O interessante é você observar como certas palavras que você diz acabam influenciando o seu dia ou as suas ações. E, assim, evitar usar aquelas que causam impacto negativo.

"O interessante é você observar como certas palavras que você diz acabam influenciando o seu dia ou as suas ações. E, assim, evitar usar aquelas que causam impacto negativo."

17

Aprenda por meio de exemplos

Amo aprender com outras pessoas. Tem gente que fala bonito, que diz lindas coisas e pode até servir de inspiração. Mas a melhor maneira de realmente virar um bom professor, mais do que pelas palavras, é por meio da ação. É dando exemplos de como agir.

Divirto-me transformando o mundo em uma grande sala de aula. Gosto de olhar ao meu redor e ver como as pessoas se portam. Observar quais palavras e gestos elas usam e como respondem a perguntas. Observo minha família, meus amigos, meus mentores, pessoas mais distantes e até mesmo gosto de assistir vídeos on-line para entender as sutilezas de como grandes líderes agem.

Minha família me ensinou muito por meio de exemplos. Meu pai nunca, absolutamente nunca, falou mal de alguém. Fofocas nunca foram algo que fizeram parte do que vi na minha casa. Minha mãe sempre foi mestre em criar experiências que tocassem nossos corações. Das atividades do dia das crianças ao carinho com que cuida de nós até hoje, todo detalhe demonstra amor.

Minha querida amiga Nathalie Trutmann também me ensinou muito com suas ações. Diversas vezes nos encontramos e ela estava no meio de uma situação caótica – filho falando, gente interrompendo – e mesmo assim ela sempre demonstrou uma capacidade absurda para ter ideias e entregar projetos criativos até em meio ao caos.

Mentores também me ensinaram demais por meio de exemplos. Tenho tantas histórias que dariam para lotar um livro só com elas, mas mencionarei duas aqui.

> "Me divirto transformando o mundo em uma grande sala de aula."

Ver a atenção ao detalhe que o João Dória tem com cada um de seus projetos e eventos é incrível. Nunca me esquecerei de quando participei de uma reunião e os nomes dos participantes estavam em placas que ficavam na nossa frente. Essas placas eram triangulares e tinham três faces – uma ficava para baixo, uma voltada para mim e a outra ficava voltada para quem estava na minha frente. Ou seja, quem estava mais para as pontas da mesa não conseguia ler o nome. No final, ele mencionou que uma pequena mudança resolveria tudo. Girar 90 graus a placa. Realmente resolvia. Em vez de ter uma face com o meu nome voltada para mim, as duas faces estariam voltadas para as pessoas a minha direita e a minha esquerda, e todos enxergariam.

Outro mentor que, por meio das suas ações, deixa muito claro tudo que construiu é o Jorge Paulo Lemann. A habilidade que ele tem de resolver na hora o que dá para resolver é algo que me marcou para sempre. Uma ou outra vez lhe pedi opiniões sobre temas que englobavam vários fatores. A lucidez com que ele entendeu como cada fator estava ou não alinhado com o que queria para a minha vida, a rapidez com a qual me deu um retorno e a sua capacidade única de me dar *follow-up* com mais ideias de como ele ou alguém poderiam ajudar, mudou completamente a minha referência do que significa ter capacidade de executar até ao fim.

Ao observar o mundo, também nos deparamos com vários exemplos de situações que não queremos. No meu caso, abomino desculpas esfarrapadas, jogo sujo e gente que é tão egocêntrica que nem pensa nas consequências do que está fazendo.

Faça do mundo um celeiro de aprendizados. Ao observar as pessoas e suas ações, você conseguirá aprender muito sobre o que quer e o que não quer para a sua vida. E lembre-se: você também pode ser um professor ao dar bons exemplos.

"Faça do mundo um celeiro de aprendizados. Ao observar as pessoas e suas ações, você conseguirá aprender muito sobre o que quer e o que não quer para a sua vida. E lembre-se: você também pode ser um professor ao dar bons exemplos."

18

Conheça o seu diferencial

Sempre defendi fervorosamente que o autoconhecimento é uma das ferramentas mais poderosas para a vida. Um benefício que o autoconhecimento traz, e que tem um valor inestimável, é lhe dar consciência do que você sabe e do que você não sabe.

Pouca gente tem clareza sobre o seu diferencial. Aliás, tem uma pegadinha aqui. Às vezes você não dá o valor devido para as coisas que faz com maestria. Por quê? Porque aquilo que você faz muito bem normalmente vem com tanta naturalidade que você não percebe o quão valioso é. É mais fácil admirar aquilo que nos é mais difícil fazer.

> “Pouca gente tem clareza sobre o seu diferencial.”

No outro extremo, também são poucas as pessoas que têm clareza sobre seus pontos fracos. Isso acontece porque os maiores pontos fracos de alguém podem ser meras sutilezas. Algo como não conseguir entregar um trabalho sob pressão. Porém, esses pontos só são realmente fraquezas se você não os conseguir identificar. Quando você os entende, você consegue minimizá-los. Por exemplo, nesse caso, você poderia organizar as suas tarefas e projetos para que não sofra pressão e consequentemente não tenha que lidar com uma entrega sobre pressão.

Entender seus pontos fortes (e seus pontos fracos) ajudará você a planejar de maneira muito melhor. Abrace o que você faz muito bem. Saiba delegar o que dá para ensinar.

> “Porque aquilo que você faz muito bem normalmente vem com tanta naturalidade que você não percebe o quão valioso é. É mais fácil admirar aquilo que nos é mais difícil fazer.”

Encontre pessoas que complementem no que você precisa de ajuda.

Eu sempre amei montar coisas, programar, trabalhar com matemática. Pouco a pouco, fui vendo que meu diferencial não estava só no campo da criação, mas também no campo da comunicação. Quis então abraçar esses dois campos: como comunicadora e criadora. Mas não dá para fazer tudo. Então fui aprendendo que certos aspectos podiam ser delegados ou ensinados a terceiros. E, dessa maneira, consegui ganhar mais tempo para os meus reais diferenciais.

Quando estamos pensando em diferenciais, eles também podem ser sutilezas, não necessariamente habilidades amplas tais como programar ou escrever bem. Por exemplo, talvez seu maior diferencial seja saber acalmar as pessoas quando é preciso. Ou talvez seja saber contar histórias cativantes. Ou talvez seja saber encantar com seu brilho nos olhos.

Use seu dia a dia para entender melhor quais características são o seu grande diferencial e quais podem ser melhoradas. Só por saber o que você sabe e o que não sabe, você já estará se diferenciando.

"Entender seus pontos fortes (e seus pontos fracos) ajudará você a planejar de maneira muito melhor. Abrace o que você faz muito bem. Saiba delegar o que dá para ensinar. Encontre pessoas que complementem no que você precisa de ajuda."

19

Crie e cultive a cultura empresarial na qual você acredita

Cultura. Tão difícil colocar em palavras, tão fácil de ser sentida. A cultura é a personalidade de uma companhia, ela define a experiência que você tem ao interagir com aquela empresa, seja trabalhando lá, sendo cliente dessa empresa ou sendo um parceiro dela.

Uma empresa que não deixa claro qual é a sua cultura é uma empresa sem alma. Isso é um grande perigo. Não só não há senso de união, de propósito comum, de família, como também é muito fácil cada um fazer as coisas como bem entende.

A cultura deve estar muito alinhada com o propósito da empresa. E a cultura tem que ser usada para tudo: recrutamento, crescimento, atendimento.

> "Uma empresa que não deixa claro qual é a sua cultura é uma empresa sem alma."

Acredito firmemente que dividir é multiplicar; mas se tem uma coisa que não se delega, é cultura. Quando você abre uma empresa, a cultura que vai implementar tem que vir do fundo do que você acredita, pois essa escolha afeta o destino de uma companhia.

Já trabalhei em empresas que tinham cultura de ultracompetição entre seus funcionários e já trabalhei em empresas que tinham cultura de ultracolaboração. Uma diferença como essa muda absolutamente todos os outros aspectos da empresa.

Na FazINOVA, temos uma cultura de gente do bem que faz benfeito. Procuramos para a nossa equipe o que eu chamo de "super-heróis de carne e osso". São pessoas que amam ajudar, que têm espírito de equipe, que amam responsabilidade e que têm iniciativa, criatividade, gentileza e bondade. Como fazemos para identificar essas pessoas? Além de diversas conversas e depois de nos certificarmos de que elas conhecem a equipe inteira, as pessoas têm que passar por tarefas no processo seletivo relacionadas à iniciativa, à criatividade, à gentileza e à bondade. Fiz até um aplicativo para facilitar a realização das tarefas, que se chama Procuram-se Super-Heróis.

> "A cultura deve estar muito alinhada com o propósito da empresa. E a cultura tem que ser usada para tudo: recrutamento, crescimento, atendimento."

Existem empreendedores que são vidrados nos produtos e serviços que suas empresas oferecem. Isso é ótimo. Mas não podemos esquecer de que esses produtos são criados por pessoas. E que é a cultura da empresa que evidencia o que essas pessoas sentem.

20

Conheça seus competidores

Eu adoro competidores. Ver que há mais pessoas tentando criar soluções para o mercado no qual está meu produto, ajuda a validar esse mercado. E, se o mercado for grande e as empresas jogarem limpo, há espaço para todos.

Por outro lado, conheço pessoas que se preocupam muito com competidores. Muito mesmo. Se preocupam a ponto de passar grande parte do seu tempo obcecadas em seguir cada ação do competidor. Fazer isso é mais perigoso do que a competição em si. Se você tem uma empresa, é muito importante seguir a estratégia na qual realmente acredita sem perder o foco.

Claro que é saudável entender o mercado como um todo e estar perto daqueles que estão no mesmo espaço que você. É um exercício válido analisar as estratégias das outras empresas. Mas a meta não é se desesperar e copiar o outro, isso seria um tiro no pé. Enquanto você está copiando, ele já estará agindo um passo à frente. A meta é entender diferenças e similaridades, vantagens e desvantagens. Conseguir antecipar passos e ter respostas a esses passos se necessário.

Tem uma outra boa vantagem em conhecer bem seus competidores. Em mercados grandes, é natural que haja consolidações. Ou seja, quem ontem era competidor, amanhã poderá ser um sócio. Se você já tiver interagido com outros empresários, você pode ter uma ideia melhor de como eles serão como parceiros. Por exemplo, acho uma atitude muito baixa quem tenta se diferenciar falando das desvantagens do outro em vez de construir as próprias vantagens. Isso já é um sinal de pessoas com as quais eu não gostaria de trabalhar.

"Se você tem uma empresa, é muito importante seguir a estratégia na qual realmente acredita sem perder o foco."

Vale também escutar a opinião de usuários e clientes a respeito das outras soluções, já que eles estarão vendo as coisas sob o ponto de vista da experiência que eles têm e de como os produtos os ajudam. Esse ponto de vista é muito mais neutro, e pode acabar sendo mais valioso do que qualquer outro.

Em resumo, fique perto dos seus competidores, mas sempre tomando cuidado para não sair do seu foco nem ser influenciado da maneira errada.

21

Foco na ação

Quais são os maiores bens que você tem na sua vida? Pode ter certeza de que "tempo" está nessa lista. Tempo é algo que me fascina muito. Diferentes pessoas podem ter percepções extremamente diferentes da velocidade com que o tempo passa, até mesmo em situações similares.

Além disso, os resultados possíveis de se alcançar em uma hora, um dia, um mês, um ano e uma vida também variam demais de pessoa para pessoa. Adoro conversar com pessoas sobre suas metas e sonhos e gosto muito de ouvir como elas alcançaram alguns deles. Quanto mais detalhada a história, melhor. Quero saber quais passos elas deram, quanto tempo cada passo levou e quais obstáculos elas ultrapassaram.

Pelo que observei, um dos fatores que mais conta para a eficácia de resultados é o quanto a pessoa é capaz de focar na ação. Qualquer ação, por menor que seja, destrava e inspira outros a destravar também. Ações também podem ajudar grupos a chegar num lugar comum quando não há consenso, pois um passo a mais pode revelar informações que fazem a diferença.

Por outro lado, inércia é como um veneno. Já tive colegas que faziam absolutamente de tudo para não ter que agir. Cheguei a ver dois colegas discutir por uma semana inteira quem faria certa tarefa (que levaria apenas algumas horas para fazer). Um sempre ficava argumentado que o outro tinha que fazer. Uma semana se passou, ninguém trabalhou em nada e a tarefa não foi entregue, fora um monte de outras responsabilidades que ficaram para trás. Por isso sou

> "Inércia é como um veneno. Já tive colegas que faziam absolutamente de tudo para não ter que agir."

completamente contra discussões desnecessárias.

Nessa mesma linha de raciocínio, reclamações ou desculpas sem fundamento são grandes inimigas da ação. Já imaginou olhar para trás e pensar que seu precioso tempo foi gasto criticando vidas alheias ou colocando desculpas em terceiros? Com certeza isso será muito mais doloroso do que simplesmente parar de enrolar, agir e resolver.

Outra cilada são soluções temporárias que só adiam a data quando um problema está para explodir. Sou a primeira a defender protótipos e soluções simples, mas quando já é fato que certo problema precisa de uma solução mais robusta, não adianta se enganar e solucionar de uma forma meia-boca.

Na minha carreira, conheci algumas pessoas incríveis que têm uma capacidade de ação ímpar. E o segredo delas é simples: dar o primeiro passo e depois dar um passo atrás do outro. Quando não sabem como dar o próximo passo, têm coragem e energia para aprender e não têm vergonha ou medo de pedir ajuda se necessário.

Faça por merecer: ninguém aprende apenas teorizando e ninguém realiza apenas sonhando. Você precisa sentir na pele qual é a reação para determinada ação. Aí, sim, irá aprender e realizar.

CURTIDAS
ENGAJAMENTO

22

Fuja das métricas de vaidade

No mundo conectado de hoje, temos números associados a praticamente tudo o que fazemos. Quando postamos uma foto ou pensamento, recebemos curtidas, comentários e compartilhamentos. Quando colocamos um blog no ar, rapidamente podemos conseguir um relatório com mais detalhes sobre a quantidade de visualizações. Quando lançamos um aplicativo, acompanhamos o número de downloads.

Mas será que essas métricas são realmente relevantes? É interessante acompanhá-las e, se essas métricas são tudo que você tem, vale a pena analisá-las. Mas tome muito cuidado com números que podem te dar uma falsa sensação de realização.

“Você não quer só clientes. Você quer clientes felizes, engajados, que falem bem do seu produto para outras pessoas.”

Por exemplo: downloads. Um aplicativo pode ter milhões de downloads mas quase ninguém usando-o. As pessoas podem baixá-lo, abri-lo uma ou duas vezes e depois nunca mais voltar. Por isso que é importante acompanhar outras métricas que indicam engajamento.

Tem gente que gosta do burburinho que esses números altos trazem e assim algumas dessas métricas ficaram conhecidas como "métricas de vaidade" pois elas escondem os fatos e enganam bonito. Não adianta alguém celebrar por ter um milhão de usuários cadastrados enquanto só tem mil usuários ativos. Isso é se iludir.

A situação piora no mundo dos seguidores e *likes*. Tem gente que compra seguidores e curtidas. Isso é pura maquiagem que distorce a realidade. E quem mais se machuca é a própria pessoa que entrou nessa de maquiar os números, pois ela fica com uma visão distorcida do valor que está realmente gerando. Essas métricas fazem a pessoas se sentir como a caminho de um sucesso garantido, quando, na verdade, ela pode estar bem longe disso.

Você não quer só clientes. Você quer clientes felizes, engajados, que falem bem do seu produto para outras pessoas. Esse cliente conta. Inclusive, um desses pode valer o mesmo que centenas de clientes não engajados.

Outra métrica interessante é calcular o valor que um usuário traz para a empresa durante todo o tempo que interage com algum produto ou solução da empresa. Quanto mais você fideliza os seus clientes, mais chance tem de aumentar esse valor. Uma empresa que tem números incríveis quanto a isso é a Disney.

Tem também uma técnica legal que é dividir seus usuários ou clientes em "*cohorts*". Basicamente, *cohorts* são grupos de pessoas que experienciaram algum acontecimento no mesmo período. O mais comum é, por exemplo, dividir os usuários em "*cohorts*" baseados na data de cadastro: todos usuários que se cadastraram na primeira semana, todos usuários que se cadastraram na segunda semana etc., mas também podemos dividir por sexo, idade e por outros parâmetros.

O interessante de organizar o grupo por eventos de tempo, é porque ele mostra com mais clareza a mudança nas métricas e você pode sempre voltar para aquela semana específica e entender melhor quais foram as ações específicas que podem ter influenciado na mudança de números

Tenha cuidado para não se sentir orgulhoso de números que não ajudam a agir dentro da realidade. Foque em resultados e sempre que possível tome decisões baseado em fatos concretos.

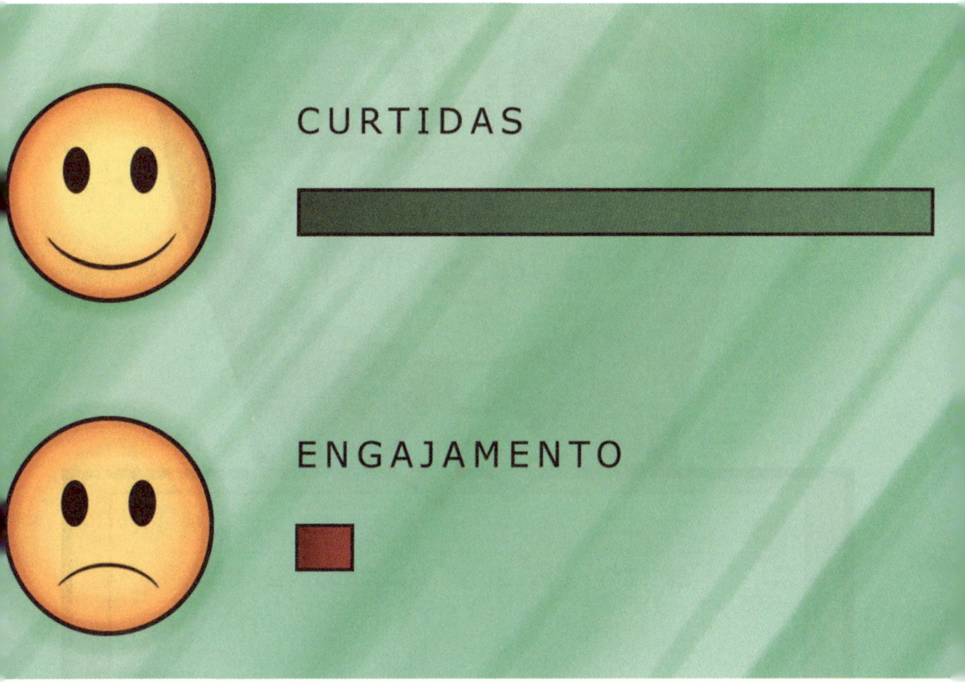
CURTIDAS
ENGAJAMENTO

Parceiros Chave
Atividades Chave
Propostas de Valor
Relacionamento com os Clientes
Segmentos de Clientes
Recursos Chave
Canais
Estrutura de Custo
Fluxo de Receita
THE BUSINESS MODEL CANVAS

23

Iterar, iterar, iterar

Constantemente interajo com pessoas que sonham em empreender e me fazem várias perguntas sobre o tema. A pergunta que mais escuto é a seguinte: "Bel, eu tenho uma ideia. E, agora? Qual é o próximo passo?"

A resposta que dou a essa pergunta engloba entender qual é o problema que essa ideia resolveria, especificar o tipo de pessoa que tem esse problema e pesquisar quais outras soluções já foram criadas (e por que deram ou não deram certo). Para ajudar a estruturar essas informações, gosto de fazer um Canvas da ideia. O Canvas é uma ferramenta simples que ajuda você a desenvolver sua ideia e desenhar modelos de negócios. O que tiver de mais interessante sobre essa ferramenta, a minha empresa FazINOVA oferece um curso on-line gratuito sobre o tema, basta acessar www.fazinova.com.br/Canvas

Depois, o próximo passo é listar hipóteses que você tem sobre o seu produto ou serviço. Quando nos apaixonamos muito por uma ideia, é fácil ficar cego e imaginar que não tem como dar errado. Mas toda ideia tem hipóteses que podem dar certo ou não. Liste tudo o que pode dar errado e monte o protótipo mais simples possível para testar suas hipóteses mais importantes. Chamamos esse protótipo de Mínimo Produto Viável. A metodologia Lean Startup pode ajudar bastante aqui. Vale a pena ler o livro *A Startup Enxuta*, de Eric Ries, para se aprofundar no assunto.

> **"Quanto tiver uma ideia, faça um protótipo simples da solução e use os aprendizados do protótipo para criar uma iteração melhor."**

O próximo passo é testar o seu protótipo. Esse momento é muito importante. Tenha métricas relevantes que ajudem você a entender se sua solução tem futuro se continuar na linha em que está. Use esses dados para aprender, consertar, se for preciso, e lançar uma nova versão melhorada.

É importante perceber que você não precisa ir da primeira versão para a versão final. Muito dos produtos mais amados nesse mundo passaram por iterações e mais iterações. Há um benefício em dividir sua meta final em vários passos. Vamos dizer que quero chegar em algum lugar, mas não sei bem o caminho. Se eu tiver só um passo para acertar e passar meses me preparando, ainda assim posso errar, pois tenho poucas informações sobre como chegar lá. Mas se der um passo menor, e a cada passo verificar se estou na direção certa, consigo acertar a direção no próximo passo.

Tem gente que defende até uma cultura de "Preparar, Fogo, Apontar" em vez de "Preparar, Apontar, Fogo", especialmente quando você não sabe para onde apontar. A partir do momento que você realiza uma ação (representada aqui pelo fogo), você aprende mais informações sobre aquele problema ou solução, e consegue apontar melhor.

Experimentação pode ensinar muitas coisas, muito rápido, e com baixo custo. Quando tiver uma ideia, faça um protótipo simples da solução e use os aprendizados do protótipo para criar uma iteração melhor. E daí repita o processo até que a iteração presente solucione uma necessidade real do seu cliente.

24

A responsabilidade é sua

No capítulo final, queria passar a vocês um dos maiores aprendizados que meu querido mentor Reinaldo Normand me ensinou.

Quando você abre uma empresa, você tem que entender que terá muitas responsabilidades. Claro que ninguém faz nada sozinho, mas a responsabilidade de fazer dar certo é sua e de mais ninguém. E se não deu certo, a culpa também é sua e de mais ninguém.

Não espere que alguém vá resolver para você os problemas que você não quer ou não sabe resolver. De novo, a responsabilidade de solucionar cada problema que acontecer no dia a dia é sua. Seguem algumas frases que absolutamente não cabem no contexto de um empreendedor.

"Minha empresa não deu certo porque meus funcionários só faziam besteira." Não adianta passar a culpa para um terceiro que fez errado ou que agiu mal e não entregou o produto. Se um funcionário não entregou, a culpa é sua, pois foi você que o contratou. Você precisa criar os filtros de seleção que aprovem os melhores. E se esse filtro falhar, você precisa criar a cultura que selecione os melhores e expele os piores. A gestão tem que consertar o que pode ser consertado, tirar do caminho o que não pode ser consertado e otimizar ainda mais o que já está bom. No final, você é responsável pelo comprometimento de cada um dos funcionários.

"Minha empresa não deu certo porque não compravam meu produto". Não existe essa de a culpa ser do cliente. Se não compravam o seu produto, é porque você tinha uma fraqueza, seja no *marketing*, na própria qualidade, na comunicação. Você tem que criar as estruturas para poder receber *feedback* dos primeiros clientes e se adaptar conforme necessário. É irreal achar que algo será lançado e o mundo todo irá querer.

"Minha empresa não deu certo porque ninguém quis investir em mim". Se ninguém quis investir, provavelmente você não tinha um produto convincente ou você não deu tempo suficiente para buscar esse capital, que é um processo que pode levar tempo. Sei que esse assunto é delicado, pois existe o problema do ovo e da galinha: preciso do investimento para fazer um produto melhor. Ainda assim, você é responsável por achar maneiras de fazer protótipos menores. Você é responsável por entender quais as métricas mais importantes e encontrar a equipe para trabalhar nessas métricas. Você é o responsável por se preparar e começar a captação de recursos antes que seja tarde demais.

"Empreender é uma baita responsabilidade. Se você entrar nesse mundo entendendo isso, já sairá na frente."

VAI COM TUDO NOS SEUS SONHOS!

1ª edição	Setembro 2014
4ª reimpressão	Setembro 2015
papel de miolo	Pólen Bold 70 g/m²
papel de capa	Supremo 250 g/m²
tipografia	Geometria, Grand Hotel, Neutraface 2, Numbers Two, Rongel Osf, Chinacat, Estabold
gráfica	